Chers parents,

Bouclez votre ceinture! Vous allez bientôt accomp~
votre enfant dans une aventure passionnante
Destination: la lecture autonome!

Grâce au **Chemin de la lecture**, v~
y arriver sans peine. Le programme~   ~eaux,
appelés km, qui accompagneront votr~   ~ premiers essais
jusqu'à ce qu'il puisse lire seul sans pr~   ~naque étape,
il découvrira des histoires captivantes et ~ superbes illustrations.

Je commence
Pour les enfants qui connaissent les lettres de l'alphabet et qui
ont hâte de commencer à lire.
- mots simples • rythmes amusants • gros caractères
- images éloquentes

Je lis avec un peu d'aide
Pour les enfants qui reconnaissent certains sons et qui en
devineront d'autres grâce à votre aide.
- phrases courtes • histoires prévisibles • intrigues simples

Je lis seul
Pour les enfants qui sont prêts à lire tout seuls des histoires simples.
- phrases plus longues • intrigues plus complexes
- dialogues simples

Mes premiers livres à chapitres
Pour les enfants qui sont prêts à affronter les livres divisés
en chapitres.
- petits chapitres • paragraphes courts • illustrations colorées

Les vrais livres à chapitres
Pour les enfants qui n'ont aucun mal à lire seuls.
- chapitres plus longs • quelques illustrations en noir et blanc

Pas besoin de se presser pour aller d'une étape à l'autre. **Le Chemin de la lecture** ne s'adresse pas à des enfants d'un âge ni d'un niveau scolaire particuliers. Chaque enfant progresse à son propre rythme: il gagne en confiance et tire une grande fierté de pouvoir lire, peu importe son âge ou son niveau scolaire.

Détendez-vous et profitez de votre voyage—sur Le Chemin de la lecture!

Pour Katie
Allez, pousse! Et profite bien
de tous les tournants de ta vie
B.S.H.

Pour Maggie la magnanime
D.J.

A GOLDEN BOOK · **New York**
Golden Books Publishing Company, Inc.
New York, New York 10106

Texte © 1998 BarbaraShook Hazen.
Illustrations © 1998 Davy Jones. Tous droits réservés.

© 2001 LES PRESSES D'OR (CANADA) INC.
pour l'édition française.
10, rue Notre-Dame, bureau 300,
Repentigny (Québec) Canada J6A 2N9

www.lespressesdor.com

Dépôt légaux 2ᵉ trimestre 2001.

Imprimé au Canada.

Isbn : 1-552254-73-9.

Petit Lard
le chauffard

Texte : Barbara Shook Hazen
Illustrations : Davy Jones
Adaptation française : Le Groupe Syntagme inc.

Attention !

Petit Lard aime
rouler à fond.

En bon chauffard,

il joue du klaxon !

Petit Lard ne perd pas
une seconde !

Le chauffard dépasse
tout le monde.

Il dépasse la taupe,

la mouffette et le rat.

Et puis la vache,

le cheval et le chat.

Petit Lard s'écrie :

« Regardez, sans les mains ! »

Peut-il le faire ?

Hum ! On verra bien !

Il serre à gauche.

Il passe à droite.

Il brûle un feu rouge.

« Tasse-toi, patate ! »

Ses amis crient :

« Petit Lard, arrête ! »

« Youpi ! » Il n'en fait
qu'à sa tête.

Le chien policier aboie :

« Hé ! Il n'y a pas le feu ! »

Petit Lard accélère
et crève un pneu !

Aaaaaah ! Il freine
sur la chaussée.

Trop tard !

Pas moyen d'arrêter.

C'est l'accident !

« Tu vas trop vite ! »
dit le chien policier.

Il lui donne un billet
et le fait remorquer.

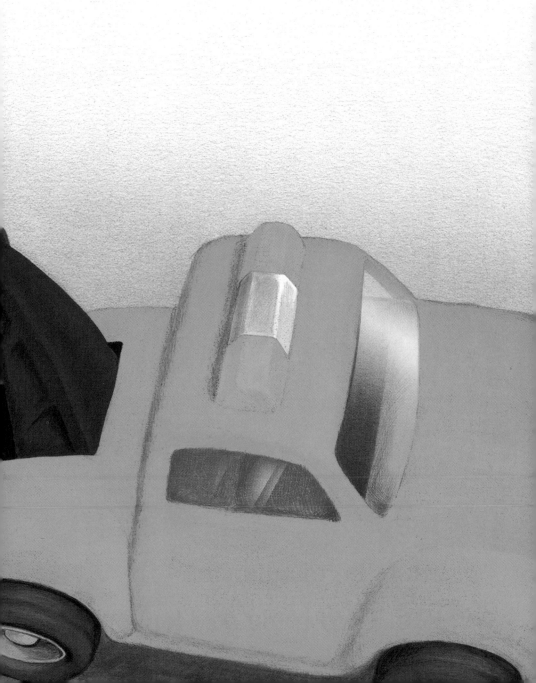

Alors là, maintenant,

Petit Lard roule *très* lentement.

Le chauffard s'ennuie.

« Ce n'est plus amusant.

Tout le monde me

dépasse, à présent ! »

« Je me fais dépasser par la taupe, la mouffette et le rat. »

« Et puis par la vache,
le cheval et le chat.
C'est pas juste, ça ! »

Contrarié, Petit Lard
joue du klaxon.

Finalement, il aura

eu sa leçon !